A Ruminista

Livros Traduzidos por Glenn Alan Cheney

Rubem Alves

The Best Chronicles of Rubem Alves

Tender Returns

On Time and Eternity

Concerto for Body and Soul

Pensamentos: Bits of Wisdom from Rubem Alves

Art of Love: Paintings by Colleen Hennessy,
Thoughts from Rubem Alves

Monteiro Lobato

The Fancies of Littlenose

The Size Switch

The Reform of Nature

Machado de Assis

Ex Cathedra

Trio in A-Minor: Five Stories

Sr. Maria Barbagallo

To the Ends of the Earth:

Memoir of a Missionary Sister of the Sacred Heart of Jesus

A Ruminista

Glenn Alan Cheney

Traduzido por
Ana Lessa-Schmidt

NEW LONDON LIBRARIUM

A Ruminista, por Glenn Alan Cheney
Traduzido por Ana Lessa-Schmidt.
Título original: The Ruminist
Illustraões por Glenn Alan Cheney.
Arte da capa por Gabriela Aisenberg.
© 2025 Glenn Alan Cheney

Publicado por
New London Librarium
Hanover, CT 06350
NLLibrarium.com

ISBNs
Português
Capa Comun: 978-1-947074-83-5
Kindle: 978-1-947074-84-2

Inglês
Paperback: 978-1-947074-80-4
Hardcover: 978-1-947074-81-1
eBook: 978-1-947074-82-8

Quem olha para fora, sonha;
Quem olha para dentro, acorda.

Carl Jung

A Ruminista

A Ruminista deseja conhecer seis pessoas:

Quem ela acha que é.

Quem os outros acham que ela é.

Quem ela é.

Quem ela foi.

Quem ela será.

Quem ela seria se.

A Ruminista repousa
numa grande rocha redonda
pousada num rio raso.

A água flui ao seu redor
tão rapidamente que parece
que ela e sua rocha
lutam contra a correnteza.

Ela se agarra à rocha,
não à água.
Ela vê o fluxo como
beleza, dinheiro,
status, força,
crenças e posses,
todas condenadas à desilusão.

Ela liberta a água
como se libertasse a si mesma
da escravidão.

A Ruminista deita-se num leito de musgo
à beira de um bosque de álamos e freixos.

É o máximo de conforto,
macio, fresco e com um leve perfume
de terra úmida.

Ela examina suas feridas.
Estão bem no passado agora,
curadas, mas ainda doloridas.

Ela as aprecia à distância
que seu leito de musgo proporciona.

Pensa em como todos têm cicatrizes,
algumas visíveis, a maioria não.

A primeira é o trauma de deixar o ventre quente
para o frio do mundo.

Depois, a perda do seio
e do aconchego dos braços da mãe.

Então, os insultos dos colegas.
O joelho ralado, a cabeça machucada, o osso quebrado.

Depois, seu primeiro fracasso.
E, então, todos os outros.

Ela está marcada por cicatrizes e crostas,
pontos sensíveis e calos,
assim como todo mundo.

Mas está sozinha
em seu leito de musgo.

Deitada de costas na grama alta do verão,
a Ruminista fecha os olhos contra a luz brilhante do sol.

Ela vê azul dentro de suas pálpebras.
"Quanto mais forte o inimigo parece," ela sussurra,
"mais provável que seu mal
seja uma inclinação natural.

"É um erro combater o mal com sua própria força.
A bondade pode ser a melhor defesa e antídoto,
e pode ser a sua força,
mas, se simplesmente não funcionar,
não recorra ao mal do inimigo.

Crie o seu próprio."

A Ruminista é rica.

Ela pode pagar por qualquer coisa que
deseja.

Mas já tem pouco
e quer ainda menos.

Nisso, ela é mais rica do que
os financeiramente abastados
que têm demais
e sempre querem mais.

Ainda assim, ela precisa trabalhar.
Seu trabalho é encontrar um trabalho
que não seja trabalho.

A Ruminista não precisa carregar um fardo longe
para entender que o fardo mais leve
é mais fácil de carregar e carregar bem.

Quanto mais leve o fardo,
mais fácil é manter a calma e a paz,
e mais fácil é seguir em frente.

Ela aprendeu a evitar
assumir mais fardos
para buscar menos.

Nenhum fardo vale mais
do que a paz e a calma.

E buscar mais
apenas afasta a paz e a calma.

Há muito tempo, uma amiga de olhos azuis
e voz rouca confidenciou:
"O que está te impedindo de amar?

"Busque a resposta e tente entendê-la.
Então o amor será seu."

Mas a Ruminista ainda não entende.
Ela acha que sente,
mas não compreende.

Sob as garras de uma chuva incessante,
a Ruminista escuta os pingos e gotas
em seu chapéu e ombros.

Ela ouve padrões
no tamborilar das folhas molhadas
ao seu redor.

Ela observa os anéis interligados
se expandindo numa poça.

A chuva parece chover
com propósito e intenção,
caindo de tão longe para fazer algo acontecer.

Propósito é uma bússola, ela pensa.
Um caminho.
Um lugar e uma razão para ser.

A Ruminista encosta o nariz
nas pétalas macias de uma rosa
enquanto seu polegar pressiona um espinho.

O amor, diz a rosa,
é feito de flores e espinhos,
fantasias masculinas de esperança,
fantasias femininas de fuga.

A rosa diz para ser
aberta como uma flor
mas fechada como um espinho.

A Ruminista senta-se à mesa
com uma xícara de chá, uma caneta,
um frasco de tinta ultramarina,
um retângulo de papel pálido
não muito maior que sua mão,

e uma carta de uma amiga triste.

A Ruminista escreve:
"Muito do que te incomoda
te incomoda apenas porque
te incomoda.

Se você não deixar que te incomode,
isso deixa de incomodar.
Deixe que passe."

Com as duas mãos, a Ruminista
acolhe um trepador-azul ferido.
Ele pia três vezes,
de dor e de medo.

A Ruminista pensa:
O presente dura para sempre,
mesmo enquanto deixa de existir
a cada instante.

É preciso agir, interna ou externamente,
para preservar o presente
ou empurrá-lo para o passado.

Ambas as opções estão continuamente
ao alcance;
mas apenas uma é sensata.

Ela sabe o que deve ser feito,
mas não sabe como fazê-lo.
Ainda assim, sabe que é possível.

Ela segura o trepador-azul
até que ele pareça se sentir melhor.
Então, ela o lança para o alto.
Ele voa como se estivesse aprendendo.

A Ruminista olha em
um espelho velho e manchado
e sente que ela talvez
seja o exemplo de algo.

Ela não sabe
se deve torcer para que seja,
ou para que não seja.

Então ela continua olhando.

O vento faz um fino pedaço de papel
saltar até os pés da Ruminista.

Numa minúscula impressão azul-clara, lê-se:
"Você está morrendo.
Faça o que os moribundos fariam
em seus últimos dias.

"Mas tenha cuidado.
Você pode não morrer
por muitos anos.

A Ruminista pousa a palma da mão
na cabeça de uma pequena criança
e não diz:

A morte vai te impedir
de fazer o que você faz.
A morte será sua amiga ou inimiga?

Depende do que você está fazendo.

Faça algo
que torne a morte
sua inimiga.

A Ruminista escreve
para uma pessoa confusa
numa posição de poder.

Ela diz: Todas as almas têm um contraponto,
um oposto, um nêmesis.

Uma é boa, mas nunca boa o suficiente,
a outra é má, mas capaz de ser pior.

Conheça suas almas.
Cultive aquela que pode ser melhor
e tente enterrar a outra
na escuridão e na terra.

A Ruminista envia um cartão de parabéns.
Ela diz:

Tudo o que está dentro de você
pode ser descartado.
Procure com atenção as partes
que devem ser extintas
pela sua vontade.

Você tem vontade.
É para isso, em grande parte,
que ela serve.

Todo mundo tem vontade,
aventura a Ruminista,
mas certos demônios
sempre tentarão
corroê-la e corrompê-la.

A luta entre eles é constante.
A vontade tem que vencer.

Se ela perde—
para a ganância,
para a raiva,
para a preguiça,
para o falso e efêmero conforto—
a alma definha.

A pessoa de vontade fraca
e alma murcha
é proporcionalmente
menos humana.

A Ruminista prepara sopa.

Ela corta e pica,

descasca e mexe,

prova e revira os olhos

para cima e à esquerda.

Ela cheira os próprios dedos.

As ações são os tijolos do eu, ela pensa.

Boas intenções podem ser a argamassa,

mas são os tijolos que constroem

o edifício interior de uma pessoa.

E assim como os tijolos podem ser

uma parede que obstrui,

também podem ser a calçada

para o caminho à frente.

A Ruminista senta à sombra
de uma árvore alta e densa
em um campo aberto
para pensar.

Pensamentos disputam sua atenção
como um bando de crianças, puxando,
escalando, implorando,
querendo, precisando.

Ela escolhe um pensamento para pensar:
que pensar um pensamento
deixa um bando de outros desatendidos.

Sozinha numa trilha
entre carvalhos e bordos,
uma trilha de folhas velhas e molhadas,
a Ruminista sussurra:

Há uma satisfação profunda
em escolher fazer
o que é certo
e evitar o que é errado.

Escolher a tentação
do errado pode trazer
uma satisfação passageira,

mas ela não dura,
e eventualmente se desintegra
em insatisfação.

A Ruminista senta-se sozinha
entre várias pessoas.

Elas conversam intensamente
sobre o superficial.

Ela quer dizer,
mas definitivamente não dirá:

Se você pausar antes de falar
para considerar se suas palavras são verdadeiras,
você falará menos.

Quanto mais tempo você pausa e reflete,
mais difícil se torna reconhecer a verdade.

Você pode acabar não dizendo nada.
Seu silêncio pode ser tomado por sabedoria,
o que,
num sentido silencioso,
é verdade.

Num banco de parque,
de manhã cedo,
vestida para agradar aos outros,
a caminho de algum lugar, mas parada,

a Ruminista percebe que
opiniões raramente são necessárias,
e raramente sua expressão
resulta em qualquer coisa.

Aqueles que discordam
discordarão ainda mais,
e aqueles que concordam
te acharão entediante.

Chorando com um variação de culpa,
mão sobre os olhos molhados,
a Ruminista mais uma vez
diz a si mesma

que, se qualquer humano pode fazê-lo,
qualquer humano pode fazer.

A verdadeira dificuldade
está em escolher fazê-lo.
Quanto mais difícil
a tarefa ou o talento,
mais tempo leva para aprender.

Não se pode ser um maestro,
um guerreiro temível, um cientista,
um atleta e um tirano.

É preciso escolher
e então agir.

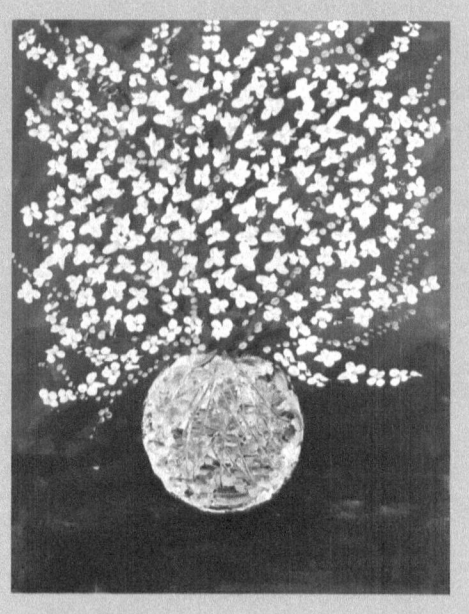

Do outro lado da mesa de um homem irado,
a Ruminista luta com o pensamento
de que não há como dizer a um homem irado
que a raiva o corrói o irado por dentro.

A raiva é uma fraqueza e uma vulnerabilidade,
e não realiza nada.

Compaixão e razão
são meios melhores para alcançar
os objetivos da raiva.

A Ruminista entrega uma folha verde e laranja
a um velho amigo e explica
que tudo mudou e mudará.

Os sábios buscam o porquê:
o que causou a mudança
e para que fim.

A Ruminista ajusta sua capa,
puxando-a sobre os ombros,
colocando-a no lugar,
pressiona os lábios
e segua firme
a maçaneta da porta.

Lá fora: chuva congelada.

Alguns amigos são destrutivos,
ela pensa antes de abrir a porta.

Você não deve nada a eles,
nem mesmo uma razão
para se libertar deles.

A Ruminista está deitada
na cama ao amanhecer.
Sente-se pesada,
atormentada,
indolente,
sob o peso de forças,
dolorosas, embora ausentes:

Amigos, memórias, gravidade,
inércia, hábitos, medos,
desejos e obrigações.

O domínio da força interna, ela pensa,
é o primeiro passo para
superar as outras.

Mas a única coisa que ela faz
é pensar nisso.

Encolhida

em torno de uma agonia secreta,

a Ruminista diz a si mesma:

O mal que sofri

é uma lição que aprendi.

Estou pulsando com conhecimento.

Não vou me afundar na dor.

Plantada por um instante,
de pé em seus sapatos,
a Ruminista se lembra,
mais uma vez,
que há um tempo para vagar
e um tempo para esperar,
um tempo para ficar,
um tempo para seguir um caminho,
um tempo para sair do caminho,
para vagar em direção
a outro lugar para esperar.

Em qualquer momento,
essas são as escolhas.

Um gato ordinário diz à Ruminista

para aprender a usar

o que ela não pode controlar,

que o destino é muitas vezes um presente

oculto,

uma mensagem,

uma lição,

uma pista,

um lembrete,

uma vírgula

numa frase inacabada.

No orvalho frio, em algum momento
após a meia-noite de uma lua nova,
as estrelas dizem à Ruminista:

O universo é infinito.
Todos os pontos estão em centro dele.
Você é o centro do universo.
E todos os outros também o são.

O dicionário predileto da Ruminista diz que:
Veleidade é um desejo
demasiado fraco para levar à ação.

Mas não diz que
algumas veleidades
devem ser desfeitas,
e outras alimentadas
até o ponto da impetuosidade.

A decisão depende
menos do desejo
do que do desejado.

A Ruminista vê uma certa pessoa
e não diz:

As pessoas nascem com asas.
Na infância, essas asas
podem ser quebradas ou deixadas a definhar,
um apodrecimento gangrenoso.

Essas pessoas rastejam pela vida,
e quem pode culpar aqueles que,
numa desesperança resoluta,
vivem tão baixo quanto
cobras e besouros do esterco?

A Ruminista esmaga o polegar esquerdo
com o lado cego do machado de seu avô,
coloca o polegar na boca,
sente o gosto de ferrugem e sangue,
tira-o quando está pronta,
olha profundamente
no labirinto de sua impressão digital,
e decide que todas as vidas contêm
mitos em seu núcleo,
e o núcleo do mito é a mensagem.

A mensagem dá forma ao mito.
A vida bem examinada
revela o mito pessoal,
e nele reside a mensagem
mais essencial de cada vida.

A borboleta precisa lutar
para sair de seu casulo,
ou não terá forças para voar,
pensa a Ruminista enquanto luta
para sair de um certo casulo.
Ela é, dessa forma, uma borboleta, e
a luta é a semente de sua força.

É o pedregulho que a captura,
uma pedrinha não muito maior
que uma semente de maçã,
deitada na poeira suave no momento
em que o sol da alvorada a atinge,
projetando uma longa sombra
sobre os grãos de areia sombreados.

Para ver, é preciso olhar.
É preciso pausar o olhar fugaz
e focar para dentro, para dentro, para dentro,
em algo pequeno, simples e belo.

As veias de uma folha morta.
A gota de orvalho na teia de aranha.
O giro, mergulho e voo de um bando de pássaros.
A forma dos dedos entrelaçados.
A sombra da alvorada daquela minúscula pedra.

Olhe, então veja,
depois olhe para o que vê,
e então olhe para além disso.

Encolhida numa espécie de oração
num lugar tão escuro quanto o crepúsculo,
nós dos dedos entrelaçados e firmes,
repousando sobre os joelhos,
a Ruminista move apenas os lábios
para dizer em silêncio:

O sussurro bem elaborado
é mais alto que o grito mal pensado.

A verdade é uma pena num sopro de brisa.
Confiança e correção não precisam gritar.

Com as duas mãos sobre um certo lugar
logo acima do coração,
sob um céu bruto e cinzento demais,
a Ruminista acena em aceitação
de que a tristeza da alma
é um sinal de vazio,
até mesmo de vacuidade,
um vácuo que clama por preenchimento.

Primeiro, ela deve preenchê-lo com calma.
Depois, iluminar a calma com imaginação,
depois deixar a imaginação
se solidificar em pensamento,
o pensamento em plano,
o plano em ação,
a ação em contentamento,
a satisfação em alegria.

Essa contentamento será tudo
o que ela permitirá que os outros vejam.

Os dedos da Ruminista pintam flores
numa tela de areia.

Ela encontra o que estava procurando.
Sob as flores,
à beira de uma maré que se aproxima,
ela escreve:

As palavras não são uma mensagem.
Elas são um sinal apontando para uma mensagem.

Mesmo as mentiras apontam para a verdade,
mas não diretamente para ela.

A Ruminista deita-se na neve recém-caída,
estica as pernas e os braços,
move-os para cima e para baixo como se nadasse
até repousar no abraço de um anjo gelado.

Ela pensa o que Jesus pensou,
que a boa vontade é o caminho para o paraíso na Terra—
boa vontade na comunidade,
nos negócios,
até mesmo na guerra.

Jesus chamou isso de amor,
mas a mera boa vontade já bastaria.

Um gesto em direção ao outro,
uma tentativa de compreender,
uma oferta para aliviar
a agonia da raiva.

É tão fácil.

A Ruminista ouve alguém cantando ao longe.

A distância consome as palavras,

até mesmo a melodia,

mas algo a toca

e a lembra

de que tudo o que já aconteceu

já morreu.

Sua visão do passado é uma ilusão,
a Ruminista diz a si mesma,
não pela primeira vez.

O passado se foi, é claro,
mas a ilusão permanece.

Como todas as ilusões,
a ilusão do passado
é tingida de emoção
e resistente à razão.

Que assim seja.
Mas saiba disso.
E ao saber,
novas cores serão lançadas na ilusão.

A Ruminista toca com um dedo
ao tufo ensolarada de um dente-de-leão,
dá um leve toque para vê-lo
inclinar-se para um lado,
e depois balançar de volta.

Ela o aperta
perto da base do caule,
apenas um pouco.

O caule é tenro, frágil, quase líquido.

Cada decisão, ela pensa,
é uma escolha moral.

A Ruminista mastiga
um fino caule de grama
com uma penugem verde

carregada de sementes na ponta.
Ela observa-o dançar no ar
diante de seu rosto.

Razão e amor,
ela percebe,
são duas abordagens para a vida.
Ambas devem ser aplicadas em todas as situações,
mas nunca uma à outra.

A Ruminista recolhe cacos e pedaços
de cerâmica quebrada,

encaixando os fragmentos menores
nos pedaços maiores.
Cada vez que um pedaço toca outro,
emite um som seco e áspero: *clec*.

Ela conclui que um coração partido
não está realmente quebrado
a menos que nunca tenha a chance
de se partir novamente.

A Ruminista olha profundamente para seu reflexo
numa poça de água escura
sob uma cúpula de folhas de outono.
Você pode algum dia entender sua própria alma? ela pergunta.

O brilho parece—parece!—responder:
Somente se você a ouvir,
e somente se souber que é sua alma
e não outra coisa.

A riqueza de uma pessoa
não tem importância,

pensa a Ruminista de um homem
com o nariz arrebitado demais

em seu próprio brilho dourado.
O que importa é como foi adquirida,
e como gasta.

A Ruminista busca e saboreia
o deslumbramento,
mais iluminador do que a certeza.
A certeza é sempre uma questão
de cegueira organizada.
O deslumbramento,
os olhos bem abertos.

Preocupação, culpa e amor
são combustíveis para a ação,
não fins em si mesmos,
ela se lembra
sob pressão
no meio da noite.

Ponha-os para trabalhar,
ela fala para se,
ou deixe-os de lado.

A Ruminista deixa

as folhas de outono onde estão.

Ela gosta do calor dos laranjas

enquanto torram no frio.

Ela gosta do som

de arrastar os pés por elas.

Ela gosta de observá-las ao vento,

correndo,

saltando,

piruetando,

de um lado para o outro, para lá e para cá,

livres e decididamente selvagens

como crianças

brincando num campo,

até que a neve uive

e todas sejam sopradas.

Flocos de neve lentos, silenciosos e gordos

giram ao redor da Ruminista,

cada um se acomodando em seu próprio lugar.

É melhor não empurrar

aquilo que já flui

na direção certa, ela conclui.

E seria tolice

tentar fazê-lo encontrar um curso melhor.

A facilidade do fluxo deixa tempo

para apreciação, gratidão e ação correta.

A Ruminista se esparrama
na luz salpicada
sob uma macieira.

Parece o lugar perfeito para estar.
Qualquer outro lugar seria pior.

Dolorida no corpo e na mente,
ela vaga em sua própria estase.

Ela reflete sobre as pequenas maçãs desfocadas acima.
Elas parecem saber o que estão fazendo,
como chegaram lá e para onde vão.

Ela não tem nada além de perguntas.

O propósito exige um plano?
O plano exige um propósito?
O propósito é um fardo ou uma libertação?
O propósito pode ser encontrado ao longo do caminho?
Deve-se esperar pelo propósito
ou sair à procura dele?
e
Vagar é uma forma de esperar?

A Ruminista senta-se num canto tranquilo
numa sala vasta cheia de pessoas em pé.

Ela está contente sozinha,
sabendo que as palavras pesam.

O silêncio é o fardo mais leve.
O silêncio deixa o conflito
num vazio sem peso.

O silêncio diz o que as palavras não podem.
É espaço quando o espaço é necessário,
o que é sempre.

A Ruminista arranca um estame
de um botão de madressilva,
toca a gota de néctar
infinitesimal na língua.

A pequena gota reitera
que a pessoa que possui cinco casas é pobre,
porque a riqueza deixa-lhe sem tempo
para desfrutá-las.

As posses consomem tempo
e tornam-se um fardo.

Status por meio de posses é tolice.
O status deve ser medido por
quanto tempo uma pessoa tem,
e rico é aquele
livre de fardos
com tempo para não fazer nada.

A Ruminista encontra uma antiga pedreira
na floresta, um estreito cânion
cortado numa colina há muito tempo.

Parece se encaixar,
as altas paredes de pedra
úmidas com seiva de rocha,
floridas com samambaias,
cobertas de musgo,
na penumbra de uma luz distante.

Em um lugar tão estranho,
ela encontra um lugar estranho,
um cânion turvo em sua mente.

Podemos salvar nossa mente com a loucura?
ela se pergunta; ela se pergunta:
Podemos aceitar a loucura
como um privilégio e uma responsabilidade?

É uma longa e escura caminhada
sob uma tempestade de granizo
em uma noite para a Ruminista.

Seus pés e tornozelos
estão molhados e dolorosamente gelados.
Uma chuva semi-congelada escorre de seu chapéu.

Então, ela se pergunta
se o propósito precisa de adversidade,
e depois se ela mesma precisa de adversidade
para encontrar propósito.

Na música,
pensa a Ruminista,
reside a prova da alma.

A música alcança o interior das pessoas,
um lugar que a ciência e a factualidade
só poderiam sonhar em tocar,
se pudessem sonhar.

A natureza das crianças,
vivenciada por todos,
é tão misteriosa quanto a música.

O que a música e as crianças fazem
nesse lugar profundo e invisível
não pode ser medido,
representado ou descrito.

Ainda assim, todos têm certeza
de que esse lugar, essa alma, existe.

Num lugar meio crepuscular,
a Ruminista lança uma pedra plana
no espelho de um lago ao entardecer.

Cada ponto que a pedra toca
envia ondulações irradiadas.
Sete pontos antes de a pedra afundar.

As sete ondulações circulares
se sobrepõem e se chocam umas contra as outras.
As ondulações para fora
logo se encontram entre si.

Reflexos vacilam.
De seu lugar crepuscular,
a Ruminista percebe que
o dever de todos os adultos
é transformar seu sofrimento
na alegria das crianças.

Cada criança é um ponto
tocado por uma pedra arremessada,
enviando ondulações irradiadas,
alcançando outras.

Se eu nunca erro,
pensa a Ruminista,
é porque não me aventurei o suficiente.

Ela reflete profundamente
numa poça de pequenas gafes.

Todo erro deveria ser
um elemento de aprendizado.

Os infalíveis são tolos
que se preocupam mais com a segurança
do que com o ensinamento.

Há pouco oensinamento na segurança.
A Ruminista gosta de sua poça de gafes.

A Ruminista deita-se nua
sob o sol do fim da primavera e grama alta.

O sol e a grama em sua pele nua
lhe dizem que o sucesso é uma conquista negativa:
uma vida livre de desejos
por posses, status, atenção,
dinheiro, orgulho, ganância e gula.

Se o sucesso for uma conquista positiva,
que seja a realização de
paz interior,
calma exterior,
a presença do amor,
a confiança para exercer a bondade.

Quanto tempo deve alguém
permanecer no sol da primavera
para declarar vitória?

A Ruminista mergulha

em sua sombra sob o luar.

Dentro de nós, ou atrás de nós,

ela pensa,

está a sombra de nós mesmos,

a parte de nós não iluminada

(mas muito próxima, sombreada),

tocando-nos pelos calcanhares,

seguindo-nos,

mas sempre embainhada em escuridão.

Numa igreja cavernosa,
a Ruminista permanece
diante da imagem de um santo.

O ícone retrata o tipo de sofrimento
que uma pessoa sente ao ser perfurada por flechas,
plenamente consciente de que 0 merece.

Numa espécie de oração,
a Ruminista sugere
que a mudança de caráter
não reflete
uma falta de integridade.

Reflete experiência.
A mudança é um passo em direção à sabedoria
nascida das flechas e longe da doce,
simples sabedoria da infância.

Sentada em um cepo numa floresta de neve,
a Ruminista pensa numa antiga paixão.

Naquela época, seu coração pulsava
sempre que podia.

O amor era um redemoinho
de vertigem, pureza e calor.

Transformava-a
em algo como uma criança.

Mas a infância tem jeito
de crescer e se transformar em outra coisa.

A Ruminista segura um sapo frio,
um saco de gosma anfíbia,
de tal forma que sua cabeça espreita
entre os polegares dela.

Ela sente sua respiração.
Ele não pisca.
Perto o suficiente para beijá-lo,
ela sussurra:

Há sabedoria
em cada recanto
de estar encurralado.

Então, ela abre a armadilha,
e o sapo iluminado
voa pelo ar.

Numa folha de papel,
a Ruminista escreve:

Você é o produto
de tudo o que aconteceu com você.

Tudo o que aconteceu com você
constitui o seu trauma interior.

Você é o que
seu trauma fez de você.

Nascer
foi apenas o começo.

Agora é o fim sem fim.

Ela dobra o papel
num pacote triangular bem alinhado.

Mais tarde, ela o colocará
no caminho de outra pessoa.

A Ruminista segura areia num punho.

A areia escorre

como o tempo numa ampulheta.

Isso não significa nada, mas ela pode senti-la,

e os sentimentos, ela pensa,

podem alcançar o que o significado não pode.

Às vezes, a Ruminista precisa dizer a si mesma
para procurar uma direção.
Para procurar um caminho.
Para procurar uma intenção.
Para mirar com propósito.

Ela diz a si mesma para caminhar
lentamente numa direção,
um pé na terra,
o outro acima da sombra de si mesmo
no nível mais baixo do céu.
E continuar.

Uma coisa que a Ruminista sabe com certeza:
não há ponto de saciedade
para a busca espiritual por meios físicos.

Cada gole desesperado de coisas
afasta ainda mais a satisfação.

A Ruminista senta-se num escabelo
à sombra de um tulipeiro.
Desce uma aranha,
pendurada por um fio invisível,
uma teia de um único filamento.

Ela não se assusta.
Oferece à aranha uma pequena porção de coalhada,
um pouquinho de soro.

O bichinho balança numa brisa infinitesimal.
Não diz nada, e nem ela.
Nenhuma das duas precisa.

A Ruminista para de caminhar
num lugar tão escuro
que não pode ver nada
além do que está pensando.
Todo o conteúdo de sua mente,
ela pensa, é ilusão.

Suas ilusões são uma mistura turbilhonante de
o que entretém,
o que é letal,
o que é esmagador,
o que distrai,
o que instrui,
o que é urgente
e o que pode ser ignorado.

E ela percebe que há duas de si mesma:
uma que existe apenas em sua mente,
sofrendo o bombardeio contínuo de ilusões,
e a outra, a Ruminista física,
sofrendo o ataque contínuo
do mundo físico.

A Ruminista observa um bordo
no outono enquanto a luz da aurora
toca o topo e, pouco a pouco, vai descendo.

As folhas alaranjadas se desprendem
à medida que a luz as alcança.

Ela se sente entretida,
fascinada,
encantada assistindo
ao inevitável e incontrolável se desdobrar
tão suavemente, tão silenciosamente.

Ela se pergunta se todas as coisas
inevitáveis e incontroláveis
gostariam que fosse de outra maneira.

A Ruminista descansa
num banco num espaço público.
Ela ouve alguém dizer:
Eu me disse para não fazer isso.

Ela já se ouviu dizer isso também.
Então, pergunta a si mesma:
Quem é o você que diz a você o que fazer?
Por que esses dois não conseguem se dar bem?
Ou se tornar um só?

Sentada numa vasta rocha plana
a meio caminho de uma montanha,
com o queixo de um cachorro em seu colo,
a Ruminista sente que o cão
lhe mostra que a emoção
pode ser neblina para a razão,
mas é clareza para lugares
onde a razão não pode chegar.

Sobrecarregada
como se envolta em camadas
de lã quente e encharcada,
a Ruminista começa a suspeitar
que apego a uma coisa é uma coisa.
Apego a uma ilusão é a mesma coisa.

A Ruminista não apenas assoa o nariz.

Ela o faz com o entendimento

de que deixar algo ir,

seja uma posse ou um pensamento,

é sempre um ato de libertação.

No profundo escuro de cobertores quentes,
a Ruminista sussurra para si mesma
e para sua outra versão,
que é absurdo ser prisioneira
dos próprios pensamentos
ou dos pensamentos do outro.
Os pensamentos deveriam ser ferramentas,
não armas do outro,
não carcereiros do eu.

A Ruminista continua pensando.
O pensamento, ela reflete,
pode impedir a ação
afogando a mente em possibilidades.

Poucas dessas possibilidades
são prováveis ou desejáveis.
Muitas são apenas medos
de algo impossível de realizar.

Esses medos podem ser
descartados prontamente,
liberando a mente para o pensamento
mais provável de levar à ação.

A Ruminista arrasta os pés por folhas secas,
folhas quebradiças de bordo, bétula-negra e carvalho.

O ritmo do farfalhar
lhe diz que a própria vida é infinita.
É tudo o que existe,
a totalidade de tudo,
pois, se terminar,
tudo desaparece.

E, ao mesmo tempo, a vida de alguém
é infinitesimalmente curta
na infinitude da eternidade.

Deve-se ser rápido para amar
e apressar-se em ser gentil,
pois o afeto liberta os gananciosos,
aplaca os maus
com o suave sussurro
de folhas secas quebradiças.

A Ruminista olha para um papel branco e simples
por um longo, longo tempo, perguntando-se
o que há dentro do espaço vazio.

O mistério é uma mentira, ela se pergunta,
ou um espaço para mentir,
um espaço disponível para uma mentira,
ou uma verdade que não conseguimos enxergar?

A Ruminista lê,
mas então precisa parar
para pensar:

Quanto do nosso prazer
é um poço de ilusão e cegueira?

A Ruminista caminha com
dificuldade
por uma tundra de confusão.

Se fosse fácil,
ela diz a si mesma,
eu nunca chegaria lá.

Uma bolota cai
num redemoinho de um riacho.
Ela flutua em círculos,

balançando levemente
na indecisa rotação.

Uma folha amarela desliza
pela água escura,
contorna a rocha
e entra no redemoinho.

A folha e a bolota
se tocam e permanecem juntas
enquanto valsam
dentro da roda.

O círculo se amplia
até que folha e semente
flutuam para fora e, então,
descem pelo riacho escuro como chá.

A Ruminista não consegue decidir
se está em uma parábola, uma fábula,
um apólogo, uma saga interminável,
ou um mito triste e belo.

A Ruminista segura um coelho malhado
num ninho entre seus seios e coxas.
O coelho se mexe e se contorce,
se mexe e se contorce,
e então para.

Tudo o que faz depois é respirar.

A Ruminista não sabe
se o amor é constante,
se verdadeiramente verdadeiro,
ou se está sempre
subindo em direção
ao ápice de tudo o que uma pessoa pode sentir
e, depois, necessariamente, inevitavelmente,
começa a se deteriorar.

A Ruminista se deita- sozinha no escuro.

Está quente sob os cobertores.

A luz morna e cremosa

de uma lua cheia

se infiltra sob a persiana da janela.

Ela ouve apenas a própria respiração.

Ela se pergunta se o amor

sempre permanece à beira do abismo da solidão,

e se isso também se aplica ao luto.

Se parece amor, mas não é,

isso é suficiente?

ela se pergunta, sentada num pedregulho granítico

estranhamente posicionado numa colina gramada.

É um pedregulho áspero e granulado.

Suas lascas de feldspato

pressionam a pele das pernas.

Se não parece amor, mas é,

isso é tão ruim assim?

Seus dedos deslizam em círculos ásperos sobre a pedra.

É uma boa pedra, e ela se sente feliz por tocá-la.

A Ruminista pinta um quadro com os dedos,
uma gota de cor em cada um dos oito.

O quadro parece talvez
um campo de flores
ou uma pintura rupestre em cores vivas,
talvez uma multidão de órfãos
ou o lado invisível de um planeta distante.

A incompreensão pode ser algo bom,
ela conclui, um privilégio
mas também uma responsabilidade.

Ela lavará os dedos, mas não agora.

Sob o abraço pendente
de um alto e amplo salgueiro chorão,
a Ruminista abraça a própria cabeça
e chora suavemente
no colo de um dos braços.

A crueldade se alimenta dos vulneráveis,
ela sabe e há muito tempo sabia,
e ela sabe que foi e ainda é vulnerável.

Todos os outros também são,
até mesmo os cruéis.

Amar, ela se lembra,
é um ato de coragem.

Mãos de samambaia
e dedos de broto de avenca
acolhem a Ruminista reclinada.
Carvalhos a arqueiam por cima.
Vinhas desgrenhadas serpenteiam pelo verde.

De sua perspectiva reclinada,
tudo o que cresce
aponta na mesma direção.

Sozinha numa trilha entre pinheiros,
um caminho de folhas velhas e úmidas,
a Ruminista sussurra
para alguém que não está lá:

Há uma profunda satisfação
em escolher fazer o que é certo
e evitar o que é errado.

Escolher a tentação do errado
pode trazer uma satisfação passageira,
mas ela não dura,
e eventualmente se desintegra
em seu oposto.

A Ruminista conversa com um velho nodoso
de um país estrangeiro, talvez a Romênia.
Ele não fala francês, nem ela romeno,
mas fica claro que ele está pedindo emprego.

Ele estende suas mãos como couro enrugado,
prova de honestidade e esforço,
seu currículo escrito em fissuras.

Ela pede que ele cave
o buraco mais profundo e largo que puder até o pôr do sol.
Ele não entende, ou talvez não acredita,
mas quando ela lhe entrega uma pá e aponta para o chão,
ele sabe o que fazer.

Ela lhe traz água, biscoitos,
um prato de comida quente
e todas as cenouras que ele conseguir comer
e um punhado de dinheiro.

Ela não sabe para que serve o buraco.
Talvez ela plante algo.
Talvez ela enterre algo.
Talvez ela simplesmente o deixe lá,
um buraco para outro dia.

A Ruminista se aconchega bem apertada
sob os cobertores,
horas antes do amanhecer.

Ela puxa o cobertor sobre a cabeça
para poder inalar a si mesma.

Uma voz dentro dela diz:
A imaginação pode te dar um prazer profundo
e um sofrimento terrível,
embora seja inteiramente uma ilusão.

"Podemos dizer que a imaginação existe,
mas que seus prazeres e dores não?

"Podemos controlar nossa imaginação
para transformar a ilusão da dor
na ilusão do prazer?"

Não, diz a voz, não podemos.

Gratidão

O autor é profundamente grato a Ana Lessa-Schmidt por sua meticulosa e brilhante tradução. O autor também agradece a Denise Dembinski pelo seu olhar editorial, e o Ludel Vieira Lessa por seu conselho com a trdução. O autor agradece muito a Solange Aurora Cheney por sua paciência ao longo dos anos.

Sobre o Autor

Glenn Alan Cheney é escritor, tradutor, jornalista, artista e editor-gerente da Editora New London Librarium. Ele mora em Hanover, Connecticut, Estados Unidos.

Sobre Ana Lessa-Schmidt

Ana Lessa-Schmidt nasceu no Rio de Janeiro, Brasil. Ela é bacharel em Literatura Inglesa pela Universidade Federal do Amazonas, e mestrado em Sociedade Britânica Contemporânea pela Universidade de Nottingham, onde também obteve seu título de Ph.D. em Estudos Culturais Brasileiros (Música de Protesto durante a ditadura no Brasil, com enfoque na banda brasileira de rock, Legião Urbana). Ela é tradutora, editora e professora de idiomas. Ela possui grande interesse na literatura brasileira e vem traduzindo-a desde 2014. Ela vive em Praga, República Tcheca.

NEW LONDON LIBRARIUM

A New London Librarium (NLL) é uma editora-boutique especializada em livros que merecem ser publicados, mas que dificilmente atingirão os níveis de vendas esperados por editoras de maior porte. Muitos dos títulos da NLL exploram a cultura, literatura, história e assuntos atuais ligados ao Brasil.

Outras séries focam-se em questões católicas, história, ficção e arte. Entre as traduções estão obras de Machado de Assis, Rubem Alves, Mário de Andrade, Paulo Leminski, e João do Rio.

Para mais informações, veja NLLibrarium.com.